어부漁夫 김판수

박기동
시집

어부漁夫 김판수

달아실
시선
06

시인의 말 2017

   대학교 조교 시절, 그러니까 32년 전(1985)에 낸 시집이다.

   한 평생 체육 선생이자 시인으로 살았다. 어쩌다가 이들이 나와 한 몸이었다. 그동안 나를 먹여 살리던 체육 선생이 정년으로 먼저 떠나고, 덩그러니 시인만 남겠다. 남아서 가까스로 한 줄이나마 시를 쓸 수 있다면 이 시 또한 횡재가 아니고 무엇이랴.

   낼 모레 체육 선생(교사, 조교, 강사, 교수)은 퇴직한다.
   많은 날, 나를 먹여 살리고, 물러난다.

   쓰던 시는 마치지 못하였다.
   시인은 어쩔 수 없이 남아야 하나.

2017. 가을
박기동

시인의 말 1985

우리의 삶에 고통이 따른다면 서투른 희망으로 이 고통이 잊혀지는 것이 아닐 것이다. 진정한 희망은 아편과 같은 것이 아닐 테니까. 고통과 희망 사이에서 헤매어 보는 것이 차라리 값진 것이리라. 작품 배열은 대체로 역연대순이다.

민족문화사 신사장님과 윤석산, 서준섭 대형의 후의에 감사한다.

1985. 여름
박기동

차례

1부

다시 애굽으로

눈 내리는 밤
검은 바람이 언덕을
오르는데

그동안
시詩 몇 줄 쓰면서 살았다.
한때는 내 삶을 시詩에 실었던 때도 있었다.
나룻배에 내 몸을 싣듯이,
모래나 뿌려 완성한 그림 같은 것
자욱한 연기 같은 것, 조용히 골목을 돌아 사라지는
너의 뒷모습 같은 것
발끝을 들어, 지는 해가 돌아설까, 발끝을 들어

흰 서리가 피는데
다시 시작되는
종살이

모과 혹은 춤

깊은 밤에 떨어지는 모과는 아무도 보지 못한다. 가을 늦게 높은 가지에 매달린 노오란 춤, 하늘 한 귀퉁이를 노오란 너의 향기로 물들이다가 때 되어 떨어져도 보는 사람이 없다.

바람 불어 흔들리고, 파도치면 흰 광목을 몸에 감아 시왕굿이나 한번 하고, 징 징 징 바닷가에서 남근 깎아 주렁주렁 매어달아 가신 님 넋이나 잘되라고 빌어주고, 어허 허공중에 홀홀 날아 줄타기나 몇 번 하고, 시퍼런 작두 위에서 더덩실 둥더덩실 어깨춤이나 추다가, 온 몸에 진이 빠져 풀썩 무너지는 어떤 춤을 보다가

얼마쯤일까? 이 세상, 이 강물, 이 하늘, 이 땅, 이런 저런 생각으로 흐르는 강물 저 쪽을 그저 망연히 바라보는 사내에게, 은밀하게 보여주는 너의 춤은 나를 잊게 하는 건가, 너를 잊게 하는 건가. 분명 너도 살 가지고 사는 목숨, 너를 보고 있노라면 고향 마을 높은 가지 늦은 가을 하늘 위에 이리저리 흔들리는 멧새 한 마리를 보는 것 같아라. 너의 춤, 너의 삶이여.

새벽 송

나는 너희에게

무엇인가 주고 싶지만

깊은 밤 책갈피를 접는 너의 창가에

군밤 한 봉지라도 던져주고 싶지만

나는 너희 모두에게

무엇인가 주고 싶지만

얼어붙은 노래 한 소절

트여오는 빛

밤은 깊고

오지 않을 것 같은 새벽

문 두드리며 다가오고

나는 너희에게

무엇인가 주고 싶지만

내 혀가 너희에게 보내는

얼어붙은 노래 몇 소절

1984. 가을

어느 날
내 말이 살아나서 돌이 되고 싶다 한다.
돌이 되어 너에게로 날아가
박살나고 싶다고 한다.
나와 관계없이 깨어지고 싶다 한다.
어느 날 내 말이
돌이 되고, 깨어지고
그러다가 국민학교 자연 시간처럼
부서져 내릴 것인가? 곱게 부서져
떠밀려 가는 곳은 어디일까?

바람

칼 맞아 쓰러진다.
칼 맞아 쓰러지는
가슴, 혹은 펄럭이는 손수건.

숫돌

누워서도 산다.
이 몸 갈고 갈아
네가 퍼렇게
날이 설 수 있다면
하반신 물에 담그고도 산다.

별

길을 가다가
나의 길을 가다가
내 마음 같지 않은 길을 가다가

흙탕을 걷기도 하다가
눈보라 속을 걷기도 하다가

아득한 하늘을
아득한 별을 바라보았다.

부르고 불러도
다시 못 올
그리운 별들이
제 길로 가고 있었다.

징검다리

하나
건너고
하느님

둘
건너고
하느님

이렇게 가다가는
하늘로
오르는
사다리

오
하느님

돌맹이가 일어나 하는 말이

단단한 돌일수록
속이 궁글어 있다면
그 속에 꽃필 자리쯤 내어 놓게.

살아있는 것 모두
굳어질 대로 굳어진다면
텅 빈 바위더미에도
실핏줄처럼 푸른 시내를 키우시게.

지난 날 무심코
주워 던진 돌이 정면으로 날아와서
쉬임 없이 흔들리는 나를 향해
그대로 날아와서는

여보게
푸른 시내 꽃피는 자리가
바람 한 점 가는 길
돌 속이라도 되라는 말인가.

어부漁夫 김판수의 우물

어부漁夫 김판수는
두레박으로 우물물을 긷는다.
어부漁夫 김판수는
젖은 손으로 그물을 만진다.
어부漁夫 김판수,
그의 팔뚝에 돋은 힘줄에는
바닷물이 흐르고
그의 창자에는 소금끼가 푸석하다.
어부漁夫 김판수는
실눈을 뜨고 머언 바다를 내다본다.
그러나 그의 눈은 안으로 열려 있다.
내일 끼니 걱정도 잊은 채
어부漁夫 김판수는
재작년 바다에 나가 돌아오지 않는
아들과 함께 우물물을 긷는다.

네가 길어 온 물과
내가 길어 온 물이 만나면

분명하게 갈라서는 또 다른 물이 보인다.

어부漁夫 김판수의 산책

안목*에 가면 어부漁夫 김판수는 매일 죽은 고기를 만지고 산다.

어떤 사람들은 가만히 앉아서도 흔들리고 누워서도 흔들릴 때, 어부漁夫 김판수는 앞서 간 아들 목소리만 자욱한 바다의 문지방을 넘나들며 보이지 않는 흔들림으로 문득 문득 깨어나고 있다.

바다 건너 저 건너편 기슭에서 손짓하는 사람이 있어 손잡으면 다시 잡을 수 없는 거리만 남아 애타게 이름이나 부르다가 그저 바라보고, 바라보고 할 일이다.

어부漁夫 김판수는 이 세상에서 제일 친한 희망이란 외롭게 빛나는 죽음이라 믿으며,

안목에 가면 어부漁夫 김판수는 매일 깨어나 흔들리고, 누워서도 흔들린다.

이미 그는 맨발로 바다를 걸어가고 있는지도 모른다.

* 강릉 부근의 바닷가

어부漁夫 김판수의 술

어부漁夫 김판수는 매일 술을 퍼 마신다.

매일 딛고 다니는 바다를 퍼 마신다.

바다와 하늘이 만나는 곳

여기서도 퍼 마신다.

무한천공無限天空

마시는 술은 늘 바닥나고

마시는 술은 늘 바다처럼

어부漁夫 김판수, 그 키를 넘기지만

잘 익은 저녁노을까지 퍼 마신다.

어부漁夫 김판수는

술로 가슴을 다 태우고 난 다음

가자미 몇 마리를 들고 돌아갈 것이다.

말이 끝난 제자리로 돌아갈 것이다.

어부漁夫 김판수의 길

아무도 가지 않아 사람 그림자가 그리운 땅, 둥근 달이 뜨고 검푸른 댓잎이 살아서 푸득이면서 하는 말이 눈떠라, 눈떠라. 어제 저녁 어부漁夫 김판수는 내가 소리 지르면 들려올 메아리쯤 되어 이 밤 새고 나면 이 땅을 떠나리라. 눈보라 치는 바다 위를 하염없이 걸어가면 보이는 것은 하나같이 펄럭이는 사람들의 입, 팔, 가슴. 제일 나중에 나타나는 것이 사람들의 길.

내가 가는 길과
네가 가는 길이 만나면
보이지 않는 새로운 길이 보인다.

어부漁夫 김판수의 꿈

빈 그릇이 떠오른다.

동해 바다 한 가운데 섬 하나가 떠오른다.

그대 가슴에 떠오르는 빈 그릇

빈 그릇으로 저무는 외로운 섬

갈매기만 살아남아

빛나고 외로운 섬 주위를 돌며

제 목소리로 울고 있다.

안목에 가면

어부 김판수가 반가운 사람을 만나 악수를 할 때 손 사이로

흐르는 바닷물이 보일 것이다.

그대 가슴에 떠오르는

외로운 섬 하나가 보일 것이다.

하릴없이 성남동城南洞 거리를 기웃거리다가

그대 가슴 외로운 섬 주위로

울어대는 갈매기를 만날 것이다.

찌부러진 어깨를 메고 사는 사람, 그대여

갈매기 소리에도 정신이 흐미하게 깨어날 일이다.

어부漁夫 김판수의 가슴

어제는 가슴에다
한 그루 나무를 심었습니다.
나무는 은회색銀灰色
앙상합니다.

누런 먼지만 횡행하는 동굴입니다.
끝 간 데 없이
가슴 속을 떠도는 누런 먼지는
잔뿌리를 죽이기도 합니다.

오늘은 시린 가슴,
동굴 속으로
틈입하는
바다가 보입니다.

어부漁夫 김판수의 메아리

밤 갈매기 눈을 뜨며
바람 끝에 묻어가는 아침놀을 봅니다.

그대와 헤어진 날
나는 물이 되고 싶었습니다.
고이는 것도 고이는 것이려니와
스미어드는 물이 되고 싶었습니다.

그날 이후 뜰 앞
오동나무 꽃피어 소리 지릅니다.
바라옵건대
이 몸 창자 끝에라도 피는
메아리가 되어 주십시오.

결국 모래의 집 그대에게
물로나마 스미어들 수 있다면
꽃이고 눈물이고 메아리가 되겠습니다.

길 떠난 어부漁夫 김판수

이웃집 아들마저

기어코 돌아오지 않는다

노을 속으로 빠져 들어가는 기러기 떼

길 떠난 어부漁夫 김판수

바다를 등에 지고

죽은 아들 등에 지고

산山으로 가자

캄캄한 골짜구니 지나

양지바른 삐알밭으로 가자

기러기 떼 삼킨 노을은 사라지고

노을은 사라지고

2부

동굴시편洞窟詩篇. 1
- 죽어가는 바다

나의 동굴洞窟에는

넘어진 구렁이처럼

바다가 엎어져 번쩍인다.

천지간天地間에

희미하게 웃으며 없어진

꿈의 아이를 부르는

들판 위의 텅 비인 돌

빛과 바람이 몰려든다.

은밀한 피를 찾아 헤매는

시커먼 뼈의 사내가

차꼬를 끌며 기침을 하고 있다.

바다는 허연 길을 내다보며

끈끈한 기침을 길어 올리고 있다.

무수한 영혼의 창이 박힌

나의 동굴洞窟 벽에

단숨에 부딪쳐 죽어가는 바다

분별없이 옆구리를 치는 바람

살이 살 위에 엎어져 죽는다.

내 안에 기어들어 온 바다가

바다 위에 업혀서 나가고

바다는 거대巨大한 섬을 딛고 일어서는 것이 아니라

바다로만 일어설 수 있을

그때, 바다의 등 뒤에는

캄캄한 어둠이 눈을

뜨고, 나의 동굴洞窟에는

넘어진 구렁이처럼

바다가 엎어져 번쩍인다.

동굴시편洞窟詩篇. 2
- 야곱의 뼈

캄캄한 어둠만이 들어차 있을 때 기다리고 기다리고, 동굴
洞窟, 더는 기다릴 수 없을 때(동굴 안에는 불면不眠의 사루비아가 가
득 그림자를 드리우고 춤춘다) 씨름을 한다. 새벽, 뼈가 부서진다.
오, 다시 한 번 엉켜 붙는 피, 피가 씨름을 한다. 야곱의 창백한
이마를 어루만지는 바람 소리, 황홀한 목소리가 동굴洞窟을 공
중으로 치솟게도 하고, 지하地下로 잦아들게도 한다. 힘줄이 일
어서고 피가 일어서고 뼈가 일어서고 머리칼이 일어서고, 일어
설 수 있는 것 모두 일어서서 씨름을 한다. 번쩍이면서 부러지
는 뼈, 천동天動, 야곱의 뼈. 첨벙 밤을 일으켜 세우는 새벽 숨
소리.

동굴시편洞窟詩篇. 3
- 깨어남에 대하여

가느다란 실핏줄을 따라 나선형 계단을 내려서고 있을 때 박쥐 같은 눈을 뜨고 어둠이 어깨를 내리 찍었어. 물러서는 것도 계속 나아가는 것도 어려워 나팔관같이 입을 벌리고 반기는 것이 보여. 앞 뒤 가릴 틈이 어디 있어. 뛰어들었지. 회한은 바람 부는 쪽에서나 그 반대 쪽에서나 똑같은 속도로 불어오고 있었어. 풀잎으로 손을 흔들고 기름으로 발잔등을 적시며 노 저어 가자는 거야. 보이는 바다는 넓고 안 보이는 바다는 더욱 넓다는구먼.

묵호시편墨湖詩篇. 1
- 폭풍주의보

도처에는 바람

사람이 사는 곳에는
어김없이 부는 바람
무덤만 모여 사는 곳에서도
어김없이 부는 바람

춥고 마른 하늘에
번쩍거리는 겨울 번개
보이지 않는 바람
머언 하늘 어느 구석에도
보이지 않는 바람

시린 등 굽게 하고 헤매는 들개
들개들의 헤매임

묵호시편墨湖詩篇. 2
- 비 오는 날의 드뷔시

그때 나는 어렸다.

태풍 사라호가 불었다.

백봉령 기슭에서 퍼붓는 비를

광목천으로 받아내면서

삭은 할아버지를 내렸다.

그 몇 년 전에 돌아가신 할아버지 밀레장이었다.

20여 년 전 일이다.

비 오는 일요일 오후

묵호 앞 바다를 보기 위해 언덕에 올랐다.

비닐 푸대를 쓰고 나온 할아버지를 만났다.

사흘 전에 바다로 나간 아들을 위해,

여보게!

먼 바다의 일점一點 돛 폭

끝없이 지워지다 다시 보이는

비 오는 날의 드뷔시,

묵호시편墨湖詩篇. 3
- 우글우글

잠시

모였다가 흩어지는

번개 시장 한 복판

낯선 사람들이 서서히 모인다.

악수를 하고, 통성명을 트고, 내장을 내어 놓고 웃고, 바람보
다도 먼저 나타난 사람은 어깨 뼈가 빠져 있는 것 같기도 하다.

무엇을 할 것인가.

긴 그림자를 늘어뜨리고

마른 가슴을 굴리는 사람도

뭐가 뭔지

우글우글

문득 수협 얼음 공장

목조 콘베이어가 자빠지는 것이 보이고 단체로 바다에 빠지
는 짐승들

짐승들의 들리지 않는 비명소리만 자욱하다.

묵호시편墨湖詩篇. 4
- 본적지

세관 앞이 어판장이다.

어류두단금지魚類頭斷禁止

세관 뒤가 산비탈이다.

수많은 오징어가 붙은 산비탈에는

바닷바람도 뛰어와 걸리고

태풍도 몰려와 덮친다.

전남 나주, 경북 봉화, 전북 군산, 서울 영등포, 부산 영도, 경남 합천 등의 본적지가 덮이고, 둘째, 셋째 그리고 명색이 맏상주인 남수의 교납금도 펄럭이고, 끝내 모든 것이 덮여서 펄럭이고 있다.

펄럭이는 본적지가 모여서 다시 펄럭인다.

묵호시편墨湖詩篇. 5
- 가오리

    저탄장 옆구리를 치던 바람이 영주-강릉행 열차에 기어오른다. 시금치 몇 단이 허릴 꼬부리고 힘들게 나와 앉는다. 보리쌀 한 말도 옆에 나와 앉는다. 묵호 역전 공터의 번개 시장, 검은 바람이 회오리를 치다가 비탈진 길가에 쪼그려 앉는다. 해지는 산허리 덕대걸이에서 말라가던 가오리가 희디희게 웃는다. 온몸으로.

묵호시편墨湖詩篇. 6
- 생물生物

꿀뚝기 한 마리가 튀어 나온다. 안묵호 부두에서, 저녁 어스름. 제 꼬리에 따라 나온 바다를 내동댕이치고 있다. 시장판, 구부정하게 두 다리를 뻗고 있는 언덕, 하아얀 등대 하나, 아 검은 구멍이 보인다. 뱃고동이 네 창자 속까지 깊이깊이 울고 있다. 망텡이, 심퉁이 새끼 몇 마리가 튀어 오른다. 저탄장 꼭대기까지 뛰어 올라 생물生物이 된다. 온통 시커먼, 눈만 반짝이는 생물生物이 된다.

바다에도 산죽山竹밭이 피어나

새벽까지 잠 못 자고
욥기를 다시 읽고 읽었습니다.
따뜻한 눈이 내리고
뒤집어 보일 수 없는 사랑아
물이 되어 네 몸에 무게 없이 다가가
바람 되어 네 몸에 부피 없이 다가가
보이지 않는 바다까지 다가가서도
뒤집어 보일 수 없는 사랑은
바다에도 산죽山竹밭이 피어나
시린 새벽까지 서걱이게 했습니다.
잠 못 자고 욥기만 다시 읽고 읽었습니다.

벌판

네가 지나던 벌판에서 발자국 수삼 개를 주웠다. 얼마나 지 났을까. 접어놨던 발자국 몇 개가 뛰기 시작했다. (제자리뛰기) 지친 몸을 끌고, 대못들이 쿵쿵 땅에 박히는 소리를 들으며 나도 뛰기 시작했다. 나뭇잎은 제 몸을 뒤집어, 한결같이 햇빛을 받으며 손을 흔들어 댔다.

비가 새는군.
식은 피가 새고 있군.

주먹을 쥐고 거렁뱅이 근성으로 너를 소리쳐 불렀다. 보이지 않는 끝을 향하여 뛰고 다시 뛰었다. (제자리뛰기가 아님) 질척질 척한 이 발자국을 다시 접어 들고 나를 어느 곳에 통째로 밀어 넣을까! 튼튼한 나무 몇 개가 계속 뒤로 자빠지면서 제각기 한 마디씩이다.

바람이 분다. 풍우風雨야.
끄으떡없어.

네 속에 집어넣은 발자국은 무사한가?

그럼 내 속은?

다시 채울 수 없는 허공이군.

갑자기 벌판이란 벌판은 모두 무인지경이다.

풀잎 씹는 자여

너희들 물골로 내려가
편편한 진흙밭 가에 앉아서
망망 서녘을 바라보라
밤 물새 소리는 개펄에서 운다.
들며 나는 물가에서 운다.
풀잎 씹으며 흔들리는 자여
밤 물새 소리 들리는 서쪽의 끝
개펄에 빠지는 정갱이를 들어올려
바람 부는 하늘에 던져라.
저마다 그만큼의 아픔과 슬픔으로
모든 사람이 견디어낼 때
밤 물새 소리 들리는 서쪽의 끝
익명의 남자가 등 굽어진다.
외로 홀로 풀잎 씹는 자여.

봉평 가는 길

빈 물레방아가 돌아간다.
빈 물레방아가,
밤에도

하늘 가득 메밀 꽃
달빛 넘어 흐르는
길.

그 길 따라가면
가락지 같은
한 세상.

장돌뱅이
허생원許生員은
물 같은 기침만 하고,

혹

하루는 하늘을 버렸다.
그 후 아무 일도 일어나지 않았고,
내가 버린 하늘은
엉겅퀴 위에서 빛나고 있다.
뉘라 알랴.
버리지 못한 내 가슴의 한쪽
혹이 땅에 떨어져 꿈틀거리는 것을.
보이는 것은 버린 하늘 밑
꿈틀거리는 내 진흙 살점이다.

새벽이슬

물 위로 지나간 네 발자국은
흔적도 없이 사라지지만
시간時間을 붙잡아 되돌려 세우면
흐린 비 내리듯 지워지지 않는다.

보라, 너를 잊는 데는
바람도 햇빛도 한몫하지만
겨울 찬바람 속을 탄가루만 날려

생쥐 몇 마리가 써는 시간時間
생쥐 수천 마리가 써는 기억의 꼬리

불태우고 불타도 다시금
살아나는 찬 이슬
너의 얼굴을 안고 잠들어라.
제 품에 이슬을 기르는 풀잎이 되어,

발목

대한 날 꼭두새벽
맺힌 가슴 두드리는 파돗가에 서면
곤두박질하는 허이연 어둠
어둠을 풀어 내리는 명주 실꾸리가 보인다.

명주 실꾸리를 푸는 사람은
하늘에 있는지
이 땅 어디에 있는지
명징한 달빛만 더욱 쏟아지고

내 여기까지 다다른 길은
온통 징검다리뿐
헛디딘 발목 밑의 어둠까지
풀어 내리는 명주 실꾸리가 보인다.

대한 날 꼭두새벽
보이지 않는 목소리는
잠 못 드는 영혼을 적시는지

지나간 발목들이 어둠처럼 흩날리고

그때, 서서히 일어서는 아이
아이의 발목이 보이기 시작한다.

무엇보다 그리운

지난밤에는 아무도 가보지 않은
바닷가에 가 보았다.
감청 빛의 파도 그 하얀 이마

바다의 안색은 태연했다.
튀어 오른 얼치기 몇 마리가
잘못 살았다고 죽는 시늉이다.
얼치기의 삶 얼치기의 길

길은 어디에나 있고 어디에서나
사라진다.

무엇보다 그리운
사람 사는 길 위에 엎드렸다.

3부

모일某日

온 땅을 차갑게
부는 바람은
가다가 더러는 쌓인 짚단도 날리고
발끝으로 걸어오는 네 등 뒤에서
재 한 움큼도 날리고
빈 들판을 외홀로 지키는
허수아비의 옷조차 날리고

그런 날들이 계속되었다.
무엇보다도
인간의 목소리가 듣고 싶은 날들.

귀가

적막한 산촌山村
눈이 내리고 있음
기다리던 차車는 오지 않고
이발소 창문에는 바람
머물다 가는 희망

희디희게 씹는 희망
바랠 대로 바랜 옷 한 벌이
빨랫줄에 걸려 있다.

하늘에서 모짜르트 같은 사람이
얼핏 보이다가 사라진다.
말없이 돌아가는 길.

입춘立春

아직 떠나지 못한
겨울의 흰 소(牛)
꼬리를 잡고
비가 내리고 있다.

문득
마을 복판의 돌담이
한꺼번에 무너지는 소리

두 눈 속에 비 뿌리고
내 허리뼈를 다치게 한
보이지 않는 여자女子가
날아가고 있다.

대낮에 우는 개구리는
- 성각이에게

그러나 보고 있으면서 떠오르지 않는다. 학교 담장 안에서 왁자지껄 떠오르는 배구공처럼 억눌림을 말해야 한다는 네가 첩첩산중으로 들어간 이후, 식물의 뿌리나 캐어 하얗게 말린다는 소식을 듣고 내가 말하고자 한 몫은 또다시 접어두고

어느덧 모든 짐승들의 입은 재갈에 물려 있나니 느닷없이 개구리만 대낮에 울어 손톱 밑으로 파고든다. 어떤 근육보다 질긴 것, 찬란한 슬픔으로 자유自由가 숨어 살고. 네 풀뿌리가 드러나 바람에 젖고 있다.

버섯

돌아오는 탕아의 가슴에
이름 모를 버섯들이 피어난다.
비가 오고 바람이 분다.
척박한 이 땅, 어느 뉘 가슴에 가서
든든치 못한 뿌리를 내리랴.
인적 없는 곳
빛 한줄기 만날 수 없고
그림자 같은 슬픔이 솟아난다.
연기가 실낱같이 솟아난다.
비가 오고 바람이 분다.
영영 닫을 수 없는 문 앞에서
피어나는 버섯, 버섯들.

두더지

내 길은 땅속입니다.
얼굴 싸들고 다닐 수 없어
내 길만은 땅속입니다.
내 길 위에도 바람은 붑니다.

강물에게

해의 발걸음 옮기는 강물아
한 개피 죄진 목숨을 받아다오
가랑잎 하나 끌고가는
한 개피 불타는 죄를 받아다오
내 몸에 물의 번개를 다오
은비늘 반짝이는
너의 날개를 다오
저물녘 순박한 새 한 마리
그대 복판에서 길을 잃었다

회오리바람

앞산 머리에서
자작나무가 걸어오고 있었다.

이마 깨진 바람이
무릎을 다치면서 달아난다.
달아난 다음
신작로의 먼지가 가라앉고
녹슨 탄피 밑동이 드러나 보인다.
해가 산 정수리에 걸려 있다.

검은 고무신을 띄우는 아이
아이의 눈 속을 녹색 개천이 흐르고 있다.

삼우제 三虞祭

바람이 성큼성큼

장작개비가 널려 있는 안마당을 지나

연기와 손잡고

뒤안으로 걸어간다.

문지방을 넘어선 소나기가

집안 그늘 속을 비집고 다니다가

빨간 혓바닥을 날름거리는

검은 털짐승과

치렁치렁한 머리칼의 강물과

번개의 등뼈 속에서 만난다.

숲속으로 달아나던 사내는

뒤따라오는 연기에

사로잡힌다. 무너진다.

지난밤 어둠 속에서

고개를 젓던 뒷산은

마른 혀를 치켜들고

결국 무덤을 이룩한다.

삼복三伏

여섯 살의 황소가
끊임없이 원을 그리면서
하얗게 타고 있었다.
뱀의 피부처럼 번들거리는
빛의 숲에서
때까치가 울고 있었다.

두통

사납게 소나무가 부러진다.
새벽, 새가 깨어나고
지붕을 건너뛰는
재앙의 잠 속으로
희디흰 달이 뜬다.

북어

시리고 푸른

문지방을 넘어온

너, 안개 속의 허파에는

뱃사람들의 질긴 허리가 부서지고

부서질 때, 다만

흑발黑髮의 처녀處女가

희미하게 비추는

불꽃만 낮게 낮게

떨고 있었다.

시詩

– 이언빈李彦彬 형兄에게

어느 날 한때

바람 부는 동해안 기슭을 서성거리다가

말들이란 말들이 다 모여 서로 불타는 걸 보았습니다.

타고 남은 연기가 새로운 일을 하고 있는 것을 보았습니다.

나는

바다까지 들어가는 연기 뒤를 따라가다가 기슭에서 엎어지
고 말았습니다.

한쪽 구석에는 비겁한 말들이 몇 개 남아

모여 쑤군거리고 있습니다.

아,

말로만 할 수 없는 모든 빛이 갑자기 나타납니다.

모든 말이 사라지고 난 다음 타고 남은 연기가 살아 오르는
것을 보았습니다.

서정리西井里

1

하루는 네가 왔다.

옷자락 펄럭이며 논뚝을 걸어서

회색 발등을 내밀었다.

발등에 묻은 이슬로 보아

풀뿌리도 알 것 같다.

땅속에서도 말라가는 네 뿌리를.

2

희망의 손등에는 사마귀 투성이다.

얼음을 깨고 손을 휘저으면

더욱 자라난 사마귀

풀잎 씹는 자의 귀엔

눈보라만 몰아쳤다.

몸속으로 흐르던 어떤 것이

샛길로 빠졌는지도 모른다.

3

구부러진 몸으로 기어오르는

서정리西井里 고개

등짐을 져 본 사람은 안다.

마른 풀 한 개 더 얹으면

땅속으로라도 기어들 것 같은

손마저 잡을 데 없는

서정리西井里 고개.

4

자욱한 황사黃砂 속을

장기판의 졸卒이 되어 헤맨다.

어디 갈 길이 마음 같은가.

무조건 뒤돌아보지 말아야 하고

사랑아 내 끝 간 데를

짐작 못 하는 바 아니다만

나는 내 몸을 벗어나서 너를 안으리.

5

30분마다 기차가 지나갔다.

op에서 맞는 새벽 두 시

추위의 혓바닥이 몸속까지 들어왔다.

눈이 내리던 날

바슐라르 선생先生이 촛불을 들고 찾아오기도 했다.

수하誰何도 필요 없이

6

털 빠진 새매 한 마리 날고 있다.

겨울 하늘 끝으로 날고 있다.

오늘은 어느 쪽으로 해가 지는가.

가던 길을 멈추고 돌아섰다.

몇 발자국 못 가서 다시 돌아서고

이러기를 계속했다.

7

살얼음이 낀 진흙탕을
낮은 포복 철조망 통과
벗은 몸이었다.
문득 들려오는 허밍 코러스
마태 수난곡이 듣고 싶다.
꺾어진 개나리도 땅에 꽂으면
꽃이야 피겠지.

예감

1

캄캄하고 긴 터널을 지나고 있습니다.

다만 어두움 속에서도 뚜렷이 떠오르는 그대 온몸을 봅니다.

아프고 아파야 하리 어두움이 끝나는 곳

자신을 딛고 넘으면 오로지 밝은 빛이 출렁입니다.

2

문을 밀고 들어서면 다시 문입니다.

나는 그대의 문이 열려 있기만을 기원합니다.

내가 그대의 문 앞에서 망설이고 서성일 때 그대는 빗장을 소리 없이 내리는 것을 압니다.

빗장을 내리고 가만히 기다리는 것을 압니다.

그러나 문을 밀고 들어서면 그대가 아니고 다시 문입니다.

오, 열리는 문 그대, 그대가 바로 문입니다.

3

바라보면

구름처럼 둥둥 떠다니는 사람도 있습니다.

앉아 있는 사람도, 누워 있는 사람도, 등을 돌리고 있는 사람도 보입니다.

내심 한결같이 뿌리내리기를 기다리는 자세입니다.

4

한 동네 풀꽃들이 여럿입니다.

풀꽃들은 제가끔 하늘을 머리에 이고 있습니다.

내가 잘 아는 풀꽃들만도 여럿입니다.

어느 날 아침

새벽까지 잠 못 자고 눈 뜨고 있다가 길을 나섰습니다.

문득 풀꽃 한 개가 일어나 내 가슴에 와 안깁니다.

그 소리 없는 무게로 알 것 같습니다.

내 가슴에 안긴 것은 풀꽃이 아니라 떨리는 이슬 한 방울인 것을.

초당草堂

톱질하며 나르는 유순한 어둠은
내 눈썹 위에서는 눈보라가 되더니
초당草堂* 허씨가문許氏家門 대숲 사이사이로
비집고 들어서는 사내의 불길이 되었다가
연꽃 위에 얹힌 난설헌의 이슬과 안개였다가
바다의 시린 잇사이에서 불어온
바람의 손이 되어
목 떨어진 해를 침몰시키고 있다.

* ① 허엽(허균, 난설헌의 아버지)의 호 ② 강릉시 초당동

개. 1

너의 살 속에는

모래가 서걱이고 있었다.

귀를 세우고, 너는

흔들리는 뜰에서

긴 칼 한 자루 들고

어둠을 뽑아 내고 있었다.

뒤돌아보지 말라.

네 발만 달아나고

잿빛 동체胴體는 울고 있었다.

해지는 산허리에서

제 살을 물어뜯는 개

물어뜯는 너의 살

속에는 모래가 서걱이고 있었다.

개. 2

네 뒤에는 항상
바람 소리 휘파람 소리
혀 짤린 소리들이 살고 있다.

달뜨는 해변에서는 알몸끼리
모래끼리 입 맞춘다.

이제는 시詩를 읽는 사람도 없다.

네 검은 그림자가
처마 밑을 지나가고
가벼운 지진이 일어난다.
허수아비가 차례로 쓰러진다.

개. 3

문득 건물 저쪽 끝에서부터

가물가물

사람이 빠져나와

줄을 짓기 시작합니다.

노을이 잔뜩 깔렸습니다.

내 얼굴을 보일 때는

팔을 접고

뼈만 보여주기로 합니다.

개. 4

황색 개 한 마리를 감추고
쳐들어오는 파도야
녹슨 탄피처럼
등을 보이는 개 한 마리
누가 아니라더냐
깊이 타는 가을, 녹슬고
드디어 엎어져 눈뜨는
바람의 시린 잔등
문제가 드러났다. 사막이 사막을
낳고, 안으니
끝없이.

4부

춘천시편春川詩篇. 1
- 효자동孝子洞

밤, 효자동孝子洞의 가을은 피 묻은 귀뚜라미만 깨어 있다.

소모의 긴 머리카락을 불태우며 내가 누워 있는 곳은 내일의 느티나무 밑이다.

아니다. 이 세상을 잠잠하게 하고 흐르는 강의 맨 밑바닥, 차돌뿌리다.

식은 목소리로 남아서 체온을 적셔 주는 가지 끝, 바람의 웅덩이다.

그렇다. 환락의 방房 가운데 하얀 거미가 밤의 머리털을 씹고 있다.

오오

여기는 시간의 푸른 잎이 탈색되어 쌓이는 땅의 맹장 부근이다.

춘천시편春川詩篇. 2
- 미망迷妄의 딸

내 눈은 초록, 여름 나무 잎이에요.

어머니, 바위의 살 속에서 태어났어요.

드럼통이 하나 굴러가고, 굴러가요. 배면背面은

모든 것을 압도하는 붉은 색 천지天地예요.

내 이름은 저물녘 연기고요.

나는 하나, 혓바닥으로 망설이고, 망설이고……

춘천시편 春川詩篇. 3
- 다만 떨고 있는 것은

바람의 입으로나

잎사귀를 더듬어 보라

뿌리 속으로부터

떨고 있는 것은

깊고 슬픈 수액이지만

다가오는 빛으로 물어보라

다만 떨고 있는 것은

재 위에 앉아

말 못 하고 어두워지는

아이들뿐인 것을

정선旌善의 강江

쾨들쾨들한 장삼長衫을 입은
스님이 나룻배를 타고
겨울 강을 건너가고 있었다.
장삼長衫 띠가 강 속으로 몸을 감추더니
미루나무 세 그루 사이로
시퍼런 눈빛을
끊임없이 지켜보고 있었다.
모래사장을 지나
반쯤 물에 잠긴 돌이
얼어붙은 하늘 속을 기어가고 있었다.
통수골* 산비탈길을 오르는
정선 아리랑의 하얀 연기가
퍼런 문 안에서
새로 편집되고 있었다.

* 정선 북평면 장열리 소재

회신곡灰身曲

누가 흔드는 종鍾소리 사이로
연기 한 줌 가고 있다.

빈손은 귀를 열고
소리의 물살을 헤치며
조각배 하나 밀고 있다.

떠나는 자여, 그대가 비워 놓은
잔 하나가 울고 있다.

그대는 가고 가다가
돌 단 위의 잠 속에서
연두색 새가 되어 날고 있으리.

장욱진張旭鎭. 1

너는 뭐하는 사람이여
하고 물으면
까치 그리는 사람
이라고 대답했다는
장욱진張旭鎭

미농지처럼 매일 구겨지는
나는 그런 흉내조차 낼 수 없다.
식전 머리맡에 와서
울고 있는
까치 한 마리.

장욱진張旭鎭. 2

가늘디가는 펜으로

네 마음을 그으면

까치 떼가 쏟아진다 비오는 날

당나귀가 마굿간으로 돌아오고

청밀밭 고랑에는

쑥국새가 숨어 운다

뻐꾸기도 따라 운다 이산 저산

열리기 시작하는

끝없는 길이 길게 누웠다.

무심無心빛 바다를 향하여

산죽山竹 그늘 아래

이 깊은 겨울의 끝
바늘 끝으로 네 마음을 그으면
타오르는 푸른 오랑캐꽃
잎 포개어 밤 깊이 뉘우치리니
붉은 달이 넋 놓고 부서지는
산죽山竹 그늘 아래
깊은 잠 모두 깨어 서걱이고
손톱 밑을 파고드는
얼음의 바늘귀마저 풀어지고

콘체르토

사람은 저마다 다른 악기입니다.

너는 겉으로 드러나는 바이올린이면 나는 뒤에 따라 나오는 플루트입니다.

그러면서 같은 길을 가다가 한참 쉬기도 하고

어느덧 전혀 다른 길을 가기도 합니다.

사람들은 저마다 다른 소리를 내므로 같은 소리도 내릴 줄 압니다.

조화造化

동짓달 시린 밤 속을

승냥이 몇 마리 떼지어 울고

그 눈 속에서 다섯 여자女子가 기절한다.

꿈이란 꿈이 모두 일어나서

모래를 씹고 있다.

손가락 대여섯 개가

푸른 작두에 잘려 나간다.

잘게 부서져 내리는

별의 아픔을

시앙철 지붕은 손을 벌려 받는다.

문門을 열고 들어서는

허연 수염의 사내

그의 눈에 아프게 죽어가는 꽃.

피리 소리

개가 짖는다. 캄캄하군
돌아서서 울고 있는 아버지
도포자락의 심각한 기침
어릴 때 던진 돌이
면상面相으로 되돌아온다.

되돌아오는 돌은
속이 비어 있고, 마을 복판
스물두 해 묵은 나무가 쓰러진다.
개가 짖는다. 달빛의 꼬리가
짓눌려. 문득
저쪽에서 들려오는 피리 소리.

퉁소

불던 바람은 그 자리에서
멈추고, 어디선가
껄떡거리며 뛰어오르는 초랭이
칼날 바람이 다시 일어납니다.
오죽烏竹 잎은 지고,
하나 둘 등불이 켜지기 시작합니다.
먼 산山 어느 절벽에
붙어 섰던 사람이 걸어 나옵니다.
풀잎의 정수리에서 타는 노을
노을 받아 수태하는 강물을 건너,

한곳에 머물기

구불구불한 길을

쉬면서 가느니

흰 옷 입고 고개를 넘느니

깊은 골짜기

떨어지는 달빛을 지고 가느니

가다가 더러는

저 마을의 개가 다 잠들 때까지

기다리다가 가는 이

바람처럼

구름처럼

한곳에 오래 머물기 어려우이.

산山의 문門을 열 때는

밤을 밟고 몰려오는
발자국 소리를 듣는가.
존재存在의 허연 갈대숲에
허리를 감는 강江의 관능官能이
오늘 한자리에 몰려와
일제히 기립起立한다.

낫을 들고 낫을 들고
수없이 내리쳐도
아 아
내리는 건 하얀 우울의 눈뿐인가.
이 어두움, 쓰러지는 사랑을 붙들고
내가 갈 곳은 어디인가.

빛 사태 부서지는
속의 벼랑에는
흰 연기가 피어오르고 있다.
푸른 옷은 밤에도

지친 어깨 위에서 떨고 있다.

언제인가, 그대

음악音樂과 무성한 울음의 산山

그 우람한 문門을 열 때는.

해바라기의 승천昇天

효자동孝子洞 산山 32번지에 피어난
그대, 한 송이 해바라기.

하늘에선 코러스와
사무엘의 기도 소리 들려오고,
구약시대
바람 먼지 하나 묻지 않은 사람은
하늘로 올라가 하늘이 되어이.

새벽이면 함성 되어 달려드는
동해東海의 숨결 소리도
산협山峽을 휘돌아 온 바람 소리도
그대의 혈관 속에 파묻힌다.

소양강昭陽江에 쏟아지는 햇볕 속에
노랑나비 한 마리 날고,
그대
이글거리는 태양太陽의 섬 앞에

조셉 퓰리쳐*의 혼魂이라도 날아와

혼魂이라도 날아와
외쪽 안경眼鏡을 다시 내어 쓰면
지난至難한 몸짓으로
하늘로 올라가 하늘이 되어이.

그대
꽃씨 속의 극명한 어둠을
쭉지 상한 새의 아픔도
하늘이 부서져 내리는 사랑도
놓치지 않는 해바라기가 될지어이.

수수수 갈대의 강江을 건널 때
정오正午의 탄력 있는 삽자루로
거친 땅 갈아엎어
내 그대에게 물을 주리라.

수없이 그대 머리 위를 돌고 도는

까치와 참새, 까막새까지

구약시대

어떤 선인善人처럼 승천昇天하는 그대

승천昇天하는 그대

하늘과 정면正面으로 대결對決할 때

모든 사람들아 제 정신精神으로

들판과 산협山峽을 휘감도는

말 같은 박수泊手가 될지어이.

그대

우리를 해체하라 건축하라

흐느끼는 정신精神으로 사랑으로

그대 해바라기 이글거리는 태양이면

그대 해바라기는 승천昇天할지어이.

빛으로 승천昇天할지어이.

* Joseph Pulitzer. 현대 저널리즘의 창시자
* 1973. 9. 20. 강대신문 지령 200호 기념 축시.

스물일곱 번째의 해가 뜬다

스물일곱 번째의 해가 뜬다.

빛나는 바닷풀을 흔들면서

잠자는 수목들을 일깨우면서

모든 잡풀과

인욕의 수풀을 지나

붉은 갈기 세우며

치솟는 자유自由를 보라.

속 깊은 골짜기에서 부는 바람은

그림자 드리우고

스물일곱 개의

긴 회랑을 지나

반짝이는 미루나무

이파리의 노래로 탄생하는가.

밤이 되면

철쭉꽃 피는 뒷산에서

은밀하게 빛나는 불빛

떠난 자들이 남긴 자유는

흐르는 강물

우리는 머리를 적신다.

미명未明을 털고 일어서던

풀잎 끝의 이슬방울들

이제 우리의 발목은

굳은 땅에서도

올곧은 목소리와 함께 일어선다.

수백 구비의 준령을 넘어

빛나는 햇살이 스미어들 때

작열하라

청년靑年의 자유自由를

뿌리 깊은 힘과

바람의 헤매임을

등뼈 깊은 태백의 맥을 따라

하얀 말을 휘달릴 때

모든 수목과

바람과 구름은 숨을 죽인다.

오늘 보아라

효잣골 산 삼십이 번지에는

스물일곱 번째의

금빛 자유自由가 타오른다.

* 1974. 6. 11. 강원대 개교 27주년 기념 축시.

그대 가슴에 촛불 하나

그대 가슴에 촛불 하나를 켜십시오.
깊은 골짜기
도도히 흐르는 개울가에
촛불이 몇 개 나타나기 시작합니다.
저물 무렵
어둠이 그 날개를 퍼덕일 때
그대 가슴에 촛불 하나
일어나 더욱 타오르고 있습니다.
납덩이처럼 차고 흰
견고한 어둠은 다시 밤을 어둠이 아닙니다.
스스로 타오르는 촛불만이 일어나
스스로 흐르는 촛불의 강이 되어
바다에 이르는 길을 일러 줍니다.
켜십시오. 그대 가슴에 촛불 하나를
촛불은 촛불을 불러 모아
이 골짜기를 밝히고
저 골짜기를 밝히고
온 누리 온 바다를 밝힐 것입니다.

오늘은 바다를 향하여

오늘은 바다를 향하여
일제히 기립起立하는 소나무 숲이 보인다.
숲에서 잠 깨는 새도 보인다.
가지에서 가지로 건너다니는
바람도 보인다.

잡목림 우거진 산 우에는
아리랑 아리랑 연기처럼 스미어드는
이 강산江山 목소리들이 모두 모였어.

젖은 땅 젖은 붙이들은 모두 오너라
바람 부는 마을에는 풀밭이 있어
푸른 발목이 서서히
일어서는데, 그래도 안 보이던 것들이

안 보이던 것들이 걷잡을 수 없이 보인다.
강가에는 모든 풀들이, 벌레들이
산속에는 누구에게도 보이지 않던 목소리들이

어스름을 타고 산마을에
스물여덟 개 혹은 스물여섯 개의 등잔불이
은근히 빛나기 시작한다.

오늘은 바다를 향하여.

* 1979. 7. 15. 신승근 시인의 약혼을 기념하며 쓴 시.

사람이 사는 길 위의 시詩

- 박기동의 시세계

서준섭徐俊燮(강원대학교 국어교육과 교수/문학평론가)

길은 어디에나 있고 어디에서나

사라진다.

무엇보다 그리운

사람 사는 길 위에 엎드렸다.

- 「무엇보다 그리운」 부분

시인들은 저마다 조건 지어진 삶의 안팎에서 감지되는 여러 가지 정황과 그 정황에서 배태되는 내면의 꿈들을 노래하는 자들이다. 그 꿈의 기록인 시작품들은 언어를 매개로 한 시인과 세계와의 상호작용의 소산으로서, 그것들은 시인 각자의 정황에 따라 각기 다른 모습을 띠면서 그 나름의 독특한 세계의 완성을 지향한다. 그런 의미에서 시인들은 이 세계 안에서 살면서 또 다른 세계의 완성을 꿈꾸는 존재들이라 할 수 있으며, 그들이 구현해 보이는 시 세계는 저마다의 실존에 대한 확인이

자, 현실적 조건들을 초월하고자 하는 주체 쪽의 욕망의 한 징후라 생각된다. 시인들이 언어를 통해 보여주는 꿈의 세계, 다시 말해 상상 세계는 시인들 자신의 고유한 체험에서 발단되어 완결된 형식으로 독자들에게 제시되지만, 그 세계를 구성하는 시작품들은 시인 쪽에서 보면 늘 하나의 시작始作이라는 의미를 지닌다. 그런데 그 시작은 그저 막연한 시작이 아니다. 그것은 오직 언어에 의지하여, 모든 것을 언어 형식으로 표출하고자 하는 시인 자신의 지금까지의 모든 사유와 꿈, 요컨대 언어 행위 전반에 걸친 주체 쪽의 반성과 그 반성을 통한 새로운 출발과 시도라는 뜻을 포함하는 그러한 시작이다. 그 시작은 매 순간의 자기 경신과 완성을 동시에 겨냥하는, 시인의 전부라 할 수 있다. 우리의 삶이 그러하듯 시인은 항상 다시 시작할 뿐이다. 한 시인의 고유한 상상 세계란 결국 이러한 완성을 지향하는 여러 시도들이 어울려 이루는 언어적 질서에 다름 아니며, 그 세계는 그것을 하나의 세계이게끔 하는 자체의 원리를 지니면서도, 그 출발점으로 되어있는 시인의 현실적 조건들과 긴밀히 접맥되어 있다.

박기동의 『어부漁夫 김판수』는 삶의 길에서 체험하고 꿈꾸는 세계를 노래하는 일이 시인의 고유한 과제라는 그 나름의 자각을 잘 보여주고 있는 시집이다. 그의 시편들은 순수한 자아의 실현을 억압하는 속악한 일상성에 대한 괴로운 자기 인식에서 출발하고 있지만, 시인은 그 괴로운 현실에서 벗어나 새로운 세계에 도달하고자 하는 열망을 절제된 언어로 되풀이하여 노래하고 있다. 시인을 억압하는 현실적 조건은 작품 속에서 어둠·동굴·터널·땅속 등의 어두운 이미지로 제시되고 있는데, 그의 시들은 이 어두움 속에서 태어나고 그 속으로 돌아온다. 그 어두움 속에서 우리가 만나게 되는 시인의 모습은 "시커먼 뼈의 사내가/차꼬를 끌며 기침을 하고 있다"(「죽어가는 바다」)는 구절에서 감지되는, 유폐되어 있는 자아이다. 이러한 유폐 의식에서 벗어나기 위하여 시인은 "뼈가 부러지"는 야곱의 씨름(「야곱의 뼈」)을 감행하면서 그를 둘러싸고 있는 현실의 어둠과 싸운다. 그의 그러한 모습은 예컨대

낫을 들고 낫을 들고
수없이 내리쳐도
아 아
내리는 건 하얀 우울의 눈뿐인가.
이 어두움, 쓰러지는 사랑을 붙들고
내가 갈 곳은 어디인가.
　　　　　　　　　　　　- 「산山의 문門을 열 때는」 부분

일어설 수 있는 것 모두 일어서서 씨름을 한다. (…중략…) 첨벙 밤을 일으켜 세우는 새벽 숨소리.
　　　　　　　　　　　　- 「동굴시편洞窟詩篇. 2-야곱의 뼈」 부분

캄캄하고 긴 터널을 지나고 있습니다.

다만 어둠 속에서도 뚜렷이 떠오르는 그대 온몸을 봅니다.

- 「예감」 부분

과 같은 시구에 잘 나타나 있고, 어둠을 배경으로 한 이러한 시구들의 정황은 고통스러운 울림을 자아낸다. 하지만 거기에 는 "사랑·새벽·그대 온몸"으로 암시되는, 시인이 추구하는 대상 들이 배태되고 있다. 그렇기 때문에 그는 종종

시린 등 굽게 하고 헤매는 들개

들개들의 헤매임

- 「폭풍주의보」 부분

네 발만 달아나고

잿빛 동체胴體는 울고 있었다.

해지는 산허리에서

제 살을 물어뜯는 개

물어뜯는 너의 살

속에는 모래가 서걱이고 있었다

- 「개. 1」 부분

과 같이 방황과 자기 연민에 빠져들기도 하지만,

누워서도 산다.

이 몸 갈고 갈아

네가 퍼렇게

날이 설 수 있다면

하반신 물에 담그고도 산다.

- 「숫돌」 부분

과 같이 괴로운 현실의 수용과 그 현실 속에서의 자기 연마의
결의를 노래해 보인다. 그의 이 결의를 표상하고 있는 「숫돌」에
서 '숫돌'은 낫이나 칼의 무딘 날을 세우기 위해 사용되는 연장
으로, 그 원리는 자체를 연마研磨하는 소모 과정을 통해 날을
세운다는 것이다. 그것은 물속에 잠긴 채 자체의 소모를 감수
하면서 언제나 퍼렇게 날을 세울 채비가 되어 있다. 그 잠김, 누
움과 소모의 과정이 길수록 날은 더욱 잘 선다. 「숫돌」은 이처
럼 눕는 것이 서는 것이며, 자기 소모가 바로 생성이라는 사실
을 역설적으로 보여주는 시다. 그리고 이 작품은 어두움과 헤
매임으로 표상되는 시인의 현실적 정황들도 다름 아닌 빛과 자
기 정립의 의미망을 거느리는 생성적인 정황이라는 점을 암시
해 주고 있기도 하다.

시인이 어두움 속에 잠겨 있으면서 부단히 시도하는 그 생
성의 몸짓은 그의 시에서 자기 자신을 불태우는 행위로 묘사
되고 있다. 불태움의 이미지는 숫돌의 이미지와 마찬가지로 자

기 소모와 생성의 의미를 동시에 내포한다.

> 밤, 효자동孝子洞의 가을은 피 묻은 귀뚜라미만 깨어 있다.
> 소모의 긴 머리카락을 불태우며 내가 누워 있는 곳은 내일
> 의 느티나무 밑이다.
>
> — 「춘천시편春川詩篇, 1-효자동孝子洞」 부분

이 작품은 시인의 자기 연소 행위가 내일의 꿈을 매개하는
과정임을 적절히 증시해 보이고 있는 예다. 시인은 어둠 속에서
자신을 태움으로써 "내일의 느티나무"가 환기하는 정정하고 장
대한 자아를 꿈꾼다. 그가 그 나무 밑에 누워 있기를 희망한
다는 것은 그 나무처럼 대지에 뿌리박고 서 있기를 바라는 것
에 다름 아니다. 그의 시에서 눕기는 서기와 통하기 때문이다.
그런데 자신을 태우는 행위는 "연기"를 수반한다. 그의 작품에
는 이 연기 이미지를 포함하고 있는 경우가 많은데, 이 연기는
문맥에 따라 차이가 있으나 대체로 이러한 자기 연소의 과정을
통한 어떤 생성의 의미로 읽힌다.

> 빛 사태 부서지는
>
> 속의 벼랑에는
>
> 흰 연기가 피어오르고 있다
>
> — 「산山의 문門을 열 때는」 부분

누가 흔드는 종鍾소리 사이로

연기 한 줌 가고 있다.

-「회신곡灰身曲」 부분

정선 아리랑의 하얀 연기가

퍼런 문 안에서

새로 편집되고 있었다.

-「정선旌善의 강江」 부분

드럼통이 하나 굴러가고, 굴러가요. 배면背面은

모든 것을 압도하는 붉은 색 천지天地예요.

내 이름은 저물녘 연기고요.

-「춘천시편春川詩篇. 2-미망迷妄의 딸」 부분

말들이란 말들이 다 모여 서로 불타는 걸 보았습니다.

타고 남은 연기가 새로운 일을 하고 있는 것을 보았습니다.

-「시詩」 부분

이 연기는 "빛·종鍾소리·문門·새로운 일"과 관련되어 있다. 특히 「시詩」에서 그것은 말(언어)이 불타는 일과 관계되어 있는 바, 그것은 그의 시가 다름 아닌 그런 자기 연소의 소산임을 지칭한다. 언어를 태우는 과정에 의해 수행되는 생성의 징

후가 그의 시다. 「다시 애굽으로」에서 시인은 실제로 자신의 시를 "모래나 뿌려 완성한 그림 같은 것/자욱한 연기 같은 것"이라고 말하고 있다.

　시인이 자기 연소를 통해 지향하는 세계는 바다로 표상되는 싱싱한 생명의 세계다. 그 바다는

　　그때, 바다의 등 뒤에는

　　캄캄한 어둠이 눈을

　　뜨고, 나의 동굴洞窟에는

　　넘어진 구렁이처럼

　　바다가 엎어져 번쩍인다.

　　　　　　　－「동굴시편洞窟詩篇. 1-죽어가는 바다」 부분

에서 보는 바와 같이, "넘어진 구렁이"처럼 어둠 속에서 빛을 발하며 꿈틀대는 시인 내부의 원시적 생명력을 암시하는 언어다. 이 생명력으로서의 바다는 "어둠·동굴"이 환기하는 시인의 괴로운 현실과 대응하기 위해서 끌어들인 공간이다. 시인에게 있어 현실은 늘 속악俗惡한 것이고, 그래서 그는 그 바다를 확인하면서 그곳을 향하여 나아가고자 하는 희망을 노래해 보인다. 그가 바다를 확인하고 있는 모습은

　　그의 팔뚝에 돋은 힘줄에는

바닷물이 흐르고

그의 창자에는 소금끼가 푸석하다

어부漁夫 김판수는

실눈을 뜨고 머언 바다를 내다본다.

— 「어부漁夫 김판수의 우물」 부분

오늘은 시린 가슴,

동굴 속으로

틈입하는

바다가 보입니다.

— 「어부漁夫 김판수의 가슴」 부분

과 같은 시구에 잘 나타나 있고, 그 바다를 향하여 나아가고
자 하는 희망은

뛰어들었지. 회한은 바람 부는 쪽에서나 그 반대 쪽에서나
똑같은 속도로 불어오고 있었어. 풀잎으로 손을 흔들고 기름으
로 발잔등을 적시며 노 저어 가자는 거야. 보이는 바다는 넓고
안 보이는 바다는 더욱 넓다는구먼.

— 「동굴시편洞窟詩篇. 3-깨어남에 대하여」 부분

바다 건너 저 건너편 기슭에서 손짓하는 사람이 있어 손 잡

으면 다시 잡을 수 없는 거리만 남아 애타게 이름이나 부르다가

-「어부漁夫 김판수의 산책」 부분

과 같은 시구에 적절히 암시되어 있다. 바다는 그의 상상 세계의 한 근원을 이루는 마음의 고향, 생명력의 원천, 순결한 꿈의 세계를 표상하고 있어서 시인의 그것에 대한 집착은 각별한 바 있다. 이 바다 이미지는 그의 여러 작품에서 되풀이하여 나타나고 있지만 특히 「어부漁夫 김판수」 연작은 그의 그러한 모습을 생생하게 보여주고 있는 경우다. 이 연작은 바다를 배경으로 나날의 삶을 영위하면서 그 바다를 향한 꿈과 방황을 동시에 보여주고 있는 상상적인 인물-'어부 김판수'의 초상을 노래한 작품으로서, 이 어부 김판수는 곧 시인의 한 분신이라 이해된다. 우물물을 기르고 술을 마시고(그의 시에서 "우물·술"은, "강·비·물" 등의 이미지들과 마찬가지로 "바다"와 비슷한 울림을 지니고 있다), 산책을 하고 꿈꾸는 어부 김판수의 삶을 지배하는 분위기는 어부漁夫라는 신분에서 벌써 감지되는 저 삶의 건강성이다. 그 밖에 그는 자기의 내면을 응시하고 성찰하는 건강한 몽상가의 속성도 지니고 있다.

그런데 시인의 바다는 그가 가고자 하는 모종의 '길'과 결합되어 있는 바다다. 그 길은 바다를 향하여 나 있거나 ("열리기 시작하는/끝없는 길이 길게 누웠다/무심無心빛 바다를 향하여" -「장욱진張旭鎭. 2」), 바다 저 편으로 열려 있다(("눈보라 치는 바다 위를 하염없

이 걸어가면 (…중략…) 제일 나중에 나타나는 것이 사람들의 길." - 「어부
漁夫 김판수의 길」)). 전자가 원초적 자아에로의 귀환의 길이라면,
후자는 자아의 생명 의지를 실현하는 길이라 할 수 있어서, 이
양자는 그의 상상 세계에서 표리 관계를 이룬다고 할 수 있다.
그런데 시인에게 있어 자아에로의 귀환이란 결국 자아의 확산
을 위한 과정이기 때문에 전자보다는 후자의 길, 다시 말해 생
명(바다)의 내부로 향하여 있는 길보다 그것의 확인 과정을 거
쳐 삶의 외부로 열려 있는 길 쪽에 스스로 더 큰 비중을 두고
있어 보인다. 실제로 시인은 현실적인 길에 더 큰 비중을 두고
있음이 발견되는데, 그 구체적인 예가 「어부漁夫 김판수」 연작
의 마지막 작품인 「길 떠난 어부漁夫 김판수」다. 이 작품은 지
금까지 바닷가를 산책하던 김판수가 그 바다를 떠나 새로운
길을 찾아 나서고 있는 과정을 노래한 것으로 그는 "바다를
등에 지고" 떠나고 있는 모습으로 그려지고 있다.

이웃집 아들마저
기어코 돌아오지 않는다
노을 속으로 빠져 들어가는 기러기 떼
길 떠난 어부漁夫 김판수
바다를 등에 지고
죽은 아들 등에 지고
산山으로 가자

캄캄한 골짜구니 지나

양지바른 뼈알밭으로 가자

기러기 떼 삼킨 노을은 사라지고

노을은 사라지고

- 「길 떠난 어부漁夫 김판수」 전문

이 시는 바다에서 자기 확인의 과정을 거친 시인이 그곳을
떠나 "산山, 양지바른 뼈알밭"이 환기하는 또 다른 길을 꿈꾸고
있음을 생생하게 보여주고 있다.

시인이 바다를 떠나 가고자 하는 길은 '사람'이 사는 곳을
향하여 열려 있는 대지 위의 길이다. 그는 그 길에 대해 자주
말하고 있는데, 그 길은 대체로 바다-고향과 멀리 떨어져 있는
황량한 공간으로 그려지고 있다.

시 속에서 그 길은 희망의 손등에 사마귀가 돋아나는 길(「서
정리西井里」), 위태롭기만 한 징검다리 길(「징검다리」), 빈 물레방아
만 돌아가는 가락지 같은 세상 길(「봉평 가는 길」) 등으로 표현되
는 불화의 길이거나,

부르고 불러도

다시 못 올

그리운 별들이

제 길로 가고 있었다.

- 「별」 부분

갑자기 벌판이란 벌판은 모두 무인지경이다.

- 「벌판」 부분

인적 없는 곳

빛 한줄기 만날 수 없고

그림자 같은 슬픔이 솟아난다

- 「버섯」 부분

그런 날이 계속되었다.

무엇보다도

인간의 목소리가 듣고 싶은 날들.

- 「모일某日」 부분

등으로 표현되는, 고독과 부재不在의 길로 나타난다. 그의 길
이 불화·고독·부재不在의 형태로 나타나는 것은 그의 삶을 이
루는 여러 가지 잡다한 현실적인 조건에서 기인하는 것이겠지
만, 중요한 이유 중의 하나는 그가 가고 있는 길이 대체로 화
해의 대상이 없는 혼자만의 길로 인식되기 때문이라 이해된
다. 시인은 무인지경의, 인적이나 타자他者의 목소리가 없는 단
독자의 길을 가고 있다고 생각한다. 그가 "무엇보다도/인간의

목소리가 듣고 싶은 날들"이라고 쓰고 있는 것도 그 때문이다. 사실 시집 『어부漁夫 김판수』의 시편들에는 시인 아닌 타인들이 별로 등장하고 있지 않다. 그의 고통과 꿈의 목소리들은 대체로 다른 사람들과의 연대감이 결핍되어 있는 고독한 단독자의 그것으로 울려오고 있을 뿐이다. 그 이유는 아마도 시인에게 절실했던 문제는 늘 개인적인 실존의 문제였거나, 시란 개인의 인식과 개인적 꿈의 완성이라는 그 나름의 어떤 시적 믿음 때문이었을 것이다. 그러나 생각해 보면 개체의 실존은 타인들과 함께 어울리며 영위되는 것이며, 개인의 꿈은 다른 사람들의 그것과 어울릴 때 더욱 빛나는 것이다. 이러한 논리는 필연적으로 시인 자신의 어떤 반성을 수반하게 된다. 다음과 같은 시는 이러한 시인의 자기 회귀를 통한 반성과 그 반성을 통한 타자와의 화해의 열망을 표현한 것으로 주목된다.

지난밤에는 아무도 가보지 않은
바닷가에 가 보았다.
감청 빛의 파도 그 하얀 이마

바다의 안색은 태연했다.
튀어 오른 얼치기 몇 마리가
잘못 살았다고 죽는 시늉이다.
얼치기의 삶 얼치기의 길

길은 어디에나 있고 어디에서나

사라진다.

무엇보다 그리운

사람 사는 길 위에 엎드렸다.

- 「무엇보다 그리운」 전문

　4연으로 되어 있는 이 시에서 그 전반부는 시인이 그의 출
발점인 바다로 회귀하여 거기서 자기 자신을 얼치기(물고기)와
같다고 반성하는 과정을 보이고 있고, 나머지 후반부는 그 반
성 과정을 통한 시인의 현실적 선택을 말하고 있다. 그 선택의
모습은 "어디에나 있고 어디에서나 사라지"는 길을 생각하면서
특히 "사람 사는 길"을 선택하는 것으로 되어 있다. 그는 그 길
위에 "엎드렸다"라고 노래하고 있는데 그 "엎드리다"라는 표현
은 완강한 울림을 준다. 시인은 이제 혼자만의 길에서부터 사
람들이 사는 길 위에 서는 것이다. 그리고 그가 그 길 위에서
꿈꾸는 세계는 사람들이 각자의 역할을 다할 때 획득되는 사
람과 사람 사이의 조화로운 관계가 완성하는 화해의 세계이다.
그러한 조화로운 화해의 세계는 그의 시에서 "콘체르토(협주곡)"
로 표현된다.

　사람은 저마다 다른 악기입니다.

너는 겉으로 드러나는 바이올린이면 나는 뒤에 따라 나오는
플루트입니다.

그러면서 같은 길을 가다가 한참 쉬기도 하고

어느덧 전혀 다른 길을 가기도 합니다.

사람들은 저마다 다른 소리를 내므로 같은 소리도 내릴 줄
압니다.

　　　　　　　　　　　　　　　　　－「콘체르토」 전문

협주곡은 소리가 다른 여러 악기들이 참여하여 이루는 기
악곡의 한 형태다. 각 연주자들이 내는 소리는 악기에 따라 다
르지만 그것은 조화로운 하나의 음악을 만들어 낸다. 그러나
시인에게 있어 이런 음악으로 표현되는 음악의 세계-화해의 세
계는 아직은 하나의 꿈으로 존재한다. 그의 시에 빈번하게 나
타나는 음악과 관련된 이미지들은 시인의 현실 저쪽에서 거리
를 유지하고 있는 것으로 그려지고 있다.

하늘에서 모짜르트 같은 사람이

얼핏 보이다가 사라진다.

말없이 돌아가는 길.

　　　　　　　　　　　　　　　　　－「귀가」 부분

문득 들려오는 허밍 코러스

마태 수난곡이 듣고 싶다.

- 「서정리西井里」 부분

개가 짖는다. 달빛의 꼬리가

짓눌려. 문득

저쪽에서 들려오는 피리 소리.

- 「피리 소리」 부분

언제인가, 그대

음악音樂과 무성한 울음의 산山

그 우람한 문門을 열 때는,

- 「산山의 문門을 열 때는」 부분

　여러 시편들이 계속해서 이러한 그리움을 노래하고 있다는 것은 시인이 화해에로의 길, 다시 말해 사람이 사는 곳을 향한 도상途上에 위치하고 있음을 말하는 것이다. 그의 현재적 삶은 그의 아름다운 시 「장욱진張旭鎭. 1」에서 고백되고 있는 아직은 "미농지처럼 매일 구겨지는 삶"인 것이다.

너는 뭐하는 사람이여

하고 물으면

까치 그리는 사람

이라고 대답했다는

장욱진張旭鎭

미농지처럼 매일 구겨지는

나는 그런 흉내조차 낼 수 없다.

식전 머리맡에 와서

울고 있는

까치 한 마리.

- 「장욱진張旭鎭. 1」 전문

    이러한 이상/현실 사이의 갈등과 위화감은 그로 하여금 어느 한곳에 머물기 어렵게 하고(「한곳에 머물기」), 계속 자기 자신을 확인하면서 새로운 꿈을 키우게 만든다. 현재의 "하늘"을 버리면서도 "버리지 못한 내 가슴의 한쪽 혹"이 계속 꿈틀거리고 있음을 느끼며(「혹」), 스스로 "제 품에 이슬을 기르는 풀잎이 되어"(「새벽이슬」) 새로운 시작을 시도해 보는 것이다. "은밀한 춤"(「모과 혹은 춤」)과 "외롭게 빛나는 죽음"(「어부漁夫 김판수의 산책」)을 생각하면서-요컨대 그가 꿈꾸는, 사람이 사는 곳은 여전히 그의 그리움의 대상으로 남아 있으며, 그가 그들과 함께 어울려 이루고자 하는 조화(콘체르토)의 희망은, 그 사람들이 낯설게 다가오거나(「우글우글」), 그들에 대한 생각과 행위 간에 거리가 놓여 있어서(「새벽 송」) 아직은 충분히 성취되었다고 할 수 없다.

사람들이 사는 곳으로 가면서 그 길 위에서 부르는 나날의 고통과 그곳을 향한 꿈을 들려주는 시-그것이 그의 시다.

박기동의 시적 방법은 대상의 즉물성을 감각적인 언어로 그려내면서 거기에 내면의 정서를 투입하는 외면적 방법에 의존하고 있다. 즉물적 이미지의 서술을 지향하는 그의 언어들은 절제된 명징성을 띠고 있으며, 그렇게 해서 완성되는 그의 시편들은 그 이미지들이 환기하는 정서에 의해 시인의 내면의 풍경화를 이룬다. 이러한 시적 방법은 김광균金光均·김춘수金春洙·김종삼金宗三 등의 시에서 그 선례를 찾아볼 수 있는 것으로, 대상의 인식보다는 그 대상과의 거리 두기에 의한 서술적·형상적 완성 쪽에 비중이 두어지는 게 보통이다. 그리고 매 순간의 인식 내용을 절제된 언어를 통해 주위의 구체적 정경으로 치환시키려고 하기 때문에 이 방법에 의거한 시들은 호흡이 짧은 단시短詩의 형태로 제시되는 경우가 많다. 박기동의 시들도 이러한 단형短形이 우세하다. 「바람」·「숫돌」·「삼복三伏」·「두통」 등이 그의 시의 그러한 일반적 성격을 잘 대변해 주고 있는 예다.

시인에게 있어 시는 늘 세계에 대한 인식이자 형상이다. 좀 더 정확하게 말하면 형상화된 인식이다. 시인의 개성에 따라 인식과 형상이라는 시의 양면 중에서 특히 어느 한쪽에 더 큰 비중을 둘 수도 있겠으나 이 양면 사이의 균제가 보다 바람직스럽다는 것은 자주 지적되어온 사실이다. 한 시인의 시가 형상의 구현 쪽에 기울어져 있으면서 그 언어가 절제된 형태로 나타날 때, 그 절제된 언어는 상대적으로 그 자신의 자유로운 상상력-세계 인식과 형상화의 힘을 억압하게 될 것이다. 시란 시인과 세계와의 상호 작용의 소산이기 때문에 그 상호 작용의 폭과 깊이가 제한된다는 것은 시를 위해서 결코 생산적인 일이라 하기 어렵다. 아울러 시의 세계는 그 자체의 질서를 이루는 자율적인 세계이지만, 그것은 구체적인 현실 세계 안의 세계라 지적된다. 사람이 영위하는 삶 자체가 언제나 구체적인 현실성을 띠고 있기 때문에 그것을 다루는 시도 그 나름의 현실에서 완전히 자유롭기 어렵다. 시가 이러한 삶의 구체성을 충분히 고려하지 않을 때 그것은 시인 자신의 감정의 수사학에만 치중하게 되는 자족적인 세계만을 그려 보이게 될 것이다. 이와 같은 점을 염두에 두면서 박기동의 시를 다시 한번 읽어 볼 때, 거기에는 아직도 해결되어야 할 과제들이 적지 않다고 생각된다. 그가 그러한 과제들을 해결해 나갈 수 있는 하나의 방법은 그가 대상들을 노래할 때 두고 있는 대상들과의 거리를 좀 더 좁혀 가든가, 세계와 좀 더 적극적으로 교섭하면서 그가 가고자 하는 사람들이 사는 곳으로 좀 더 깊숙히 들어가 보는 것이라고 생각한다. 필자는 그가 그런 시도를 해보기를 권유하고 싶다.

어부漁夫 김판수

1판 1쇄 인쇄 2017년 10월 20일
1판 1쇄 발행 2017년 10월 31일

지은이 박기동
발행인 윤미소
발행처 ㈜달아실출판사

책임편집 박제영
디자인 이화연
마케팅 배상휘

주소 강원도 춘천시 서부대성로 48번길 12, 2층
전화 033-241-7661
팩스 033-241-7662
이메일 dalasilmoongo@naver.com
출판등록 2016년 12월 30일 제494호

ⓒ 박기동, 2017

ISBN 979-11-960231-8-8 03810